明·夏樹芳 輯 明·陳繼儒 補正

酒顛

附酒顛補

中國書店

據中國書店藏明刊本影印原書版框高十八點三厘米寬十二點四厘米

出版説明

《酒顛》二卷附《酒顛補》三卷，明夏樹芳輯，明陳繼儒補正。

夏樹芳，字茂卿，號冰蓮道人，明末江陰人。明代萬歷乙酉年(一五八五)舉人。隱居數十年，卒八十歲。著述頗豐，撰有《酒顛》、《茶董》、《消暍集》、《詞林》、《海鏡》、《女鏡》、《奇姓通譜》等書傳世。

陳繼儒（一五五八—一六三九），字仲醇，號眉公、麋公，華亭人。諸生。年二十九，隱居小昆山，後居東佘山，杜門著述。工詩善文，書法蘇、米，兼能繪事，屢奉詔徵用，皆以疾辭。編著有《妮古録》、《小窗幽記》、《逸民史》、《讀書鏡》、《邵康節外紀》等書。

《酒顛》一書，引東方朔、酈省、畢卓、劉伶諸人典故以暢談酒的妙處。《酒顛補》則仿《酒顛》體例補充了一些新資料。晚明文人熱衷于對物質生活的追求，此《酒顛》專論酒事，亦是時代特色在文化上的一種反映。據公私書目著録，該書明刊本存世無多，難得一見。

鑒于該書豐富的文化内涵和較高的文化價值，此次中國書店據所藏明刊本《酒顛》爲底本影印。是書半頁十一行，行十八字，白口，四周單邊。本書的影印出版，可滿足專家、學者及廣大讀者的需求，不僅爲民俗研究、古籍文獻整理作出積極貢獻，也對中華文明的傳承與弘揚有着積極的現實意義和深遠的歷史影響。

中國書店出版社

癸巳年夏月

康熙己亥小暑後二日重釘

酒顛茶董補題辭

蓋聞味兼百末。史標天祿之名。芳冠六清。語傳甘露之賞。在日用生人。尚藉扶衰而療渴。若夫遊達士。尤資逸志以

怡神。陶成李白百篇。搜出盧仝千卷。似茲勝事。伊爾膚功。均為吾輩所需。孰曰通人之累。此夏茂卿氏酒顛茶董所由成也。頤腹笥紬書滿三篋。

雞躋安世巾箱隷事各數條。偶得陸澄聊騁畫蛇之功。遑惜續貂之誚。漫抽子史。每遇哺糟啜醨之儔。閒摘稗官。輒有銜杯吹鏂之事。推本原。則引儀狄陸羽以書其功。題品目。則列醴醪茗荈以備其物。若下宜城。梨花竹葉。地靈高千古之名。蠟面冰芽。瑞雲勝雪。人巧擅一時之勝。觥籌交

錯容無觴政以馭其權鼎焙
殷勤必精瀹法以劑其量凡
寄曠懷于杯酌多擷藻思于
文辭勤成二種共得五篇且
閱卷而姓字列書恐嫌尺籍

今提綱而意言成偶覺有寸
長嗟夫注秋水之篇書故歸
乎向氏模世說之體人弗重
乎語林效顰笑于蛾眉鑽聖
賢之蠹簡書淫成癖技癢堪

憇倘桂酹未斟繙閲處。遂酣

文士之心。竹爐旋煑展觀時。

頓醒詞人之目。諒不至于覆

瓿。敢冀因而貴紙。

萬曆歲次壬子夏日

華亭陳繼儒題

酒顛題詞

淵明怨醉與漁父獨醒正言若反即湏哺糟啜醨所謂寄大夢于梏棬而德義之矩自在也顛何容易知此則知文成之辟穀圖南之爰躡皆真能顛者茂卿其酒人之雄乎若夫醉鄉之天地騰〻兀〻近于天全徽細披剎乃是無記所

攝故凡夫醉于無明二乘醉于涅槃惟大聖人能飲酒不及亂茂卿深于瀼喜故爲下此轉語中下之根欲讀酒顛請從酒誥入

雲間董其昌

酒顛目錄

上卷

持螯拍浮　　登高落帽
一斛得凉州　　三日不上省
婦人不聽　　白叟獨全
江東步兵　　兖州八伯
崑崙觴　　青田壺

非類共飲　　無偶相邀
時復中聖人　　痛飲讀離騷
引著勝地　　請贈醉侯
公明三斗　　子幹一石
貴要廢人飲　　形神不相親
抱甕釀　　挂杖錢
鷫鷞裘就市　　貰緼袍償之

西昌逸士　雲溪醉侯
求步兵因貯酒　愛僕射宜勿飲
一斗逍遥　三升可戀
甕大成　酒天地
幸爲酒壺　速營糟丘
好事問奇　益酒止量
與騶對飲　召吏飲杖

飲盡踏銀海　醉如浪中船
醉龍　鶴觴
得秫不了麴糵　談笑不及勢利
淵明大適　杰公善别
廢誡墓前自杖　依旨肆中求之
三斗壯膽　千日方醒
斗酒濯足　車輪刮頸

避賢樂聖　祠杜配焦
醉勝人醒　酒可忘憂
兄弟匡坐　石蘇相高
病葉狂花　囚星熒日
樂餘年　驅俗態
高陽池　蓮華碧
玉山傾　金罌貯
聲聞不醒　談諧不亂
醉語彌謹　酒言可喜
酒吃　酒筆
三日僕射　失一老兵
酒家南董　酒名和勁
醉吟九百首　俊逸爲三絕
此中惟宜此物　業飲遑恤其他

青山白雲醉夊

下卷

一夕千觴　酒壚酣暢

醉聖　酒氣從指出

酒中三昧　九醖消腸

嵬峩我爾　賢鄙爲酣

醉以頭書　酒因境多

子字其父　中酒味

碧筒杯　解憂不夊

金龜換酒　車轄投井

華獨坐　惡客漫郎

王坐隤幘　妻常對飲

巢飲海棠枝　漢書下酒

狂何必酒　釀具淫具

役夫與遊　甘苦沈淪
劇飲藻思　賜換骨醪
恐用不盡　夫婦善詩酒
狗竇中大叫　醉伏御筵
洪厓來飲　醉鄉日月
醉鄉無稅　歡飲無言
酒徒非儒　開愁鎖
驗醉鍼　飲有術
司業酒錢　每春顛飲
玉樹臨風　萬異冥
但言飲幾日　醉引金吾句
少游神物　癡漢戒飲
濁醪天地寬　飲量過當世
酒酣懷古人莫測　通人達士累於此

俸餘無畱
三臟可活
呵掖撓軀
酒竭飲醋
哇嗚當鼓吹
甌醴成川渠
登屋歌哭
䏁中遊妓
吐筌篌
每醉八日
酒鄉貧更入
蒱博飲
醉髡
對酒思公榮
醉舞與狗鬬
黍麥低昂
再韻解嘲
河朔避暑
飲不醉錢無爵
欲傾家釀
每出飲數日
以酒濡髮歌
月給千壺
蠢汁美仙厨
交飲各數斗
二超
在省常醉
白雞盞

凝如緑玉　垂幃痛飲
門扉下出　茶癖酒狂
醉吟先生　簇酒
不齋醉如泥　飲以壺瓠
荆州三酒　華山對飲詩
發狂坐井中　醉有分别
南中女酒　㕛夜杯景山鎗
酣釀川

酒顛上卷

延陵夏樹芳茂卿甫采輯

五茸陳繼儒仲醇甫增正

持螯拍浮

畢卓字茂世爲吏部郎嘗云一手持蟹螯一手持酒杯拍浮酒池中便足了一生。

登高落帽

孟嘉字萬年好飲桓宣武嘗問萬年何爲嗜酒孟答曰公但未知酒中趣耳九日借宣武宴龍山酒酣落帽著作郎孫盛爲文嘲之。

一斛得涼州

孟佗以菖蒲酒一斛遺張讓即拜涼州刺史子瞻云將軍百戰竟不侯伯良一斛得

凉州。

三日不上省

皇甫亮三日不上省。文宣親詰其故。亮曰
一日雨。一日醉。一日病酒。

婦人不聽

劉伯倫病酒渴甚。從婦求酒。婦捐酒毀器
涕泣諫曰。君飲太過。非攝生之道。必宜斷

之。伶曰。甚善。我不能自禁。惟當祝鬼神自
誓斷之耳。便可具酒肉。婦曰。敬聞命。供酒
肉於神前。請伶祝誓。伶跪而祝曰。天生劉
伶。以酒爲名。一飲一斛。五斗解酲。婦人之
言。慎不可聽。便引酒進肉。隗然已醉矣。

白叟獨全

茅山元符宫有蘇養直像。自贊其上曰。松

風颼颼瘦藤在手。惟此白叟獨全於酒。

江東步兵

張翰字季鷹。縱任不拘。時人號為江東步兵。嘗曰。使我有身後名。不如即時一杯酒。

兗州八伯

羊曼字祖延。任達好酒。與阮放等八人友善。時稱阮放為宏伯。郗鑒為方伯。胡毋輔之為達伯。卞壺為裁伯。蔡謨為朗伯。阮孚為誕伯。劉綏為委伯。而曼為黜伯。號兗州八伯。

崑崙觴

魏賈琳家累千金。博學善著作。有蒼頭善別水。嘗令乘小艇於黃河中接河源水以釀酒。名崑崙觴。曾以三十斛上魏莊帝。

黜

青田壺

漢朱虛矦劉章任俠善飲酒。烏孫國有青田核如五六升瓠空之盛水俄而成酒。劉章嘗得三焉，一核纔盡，一核又熟，可供二十客，名青田壺。

非類共飲

劉昶字公榮與人飲酒，雜穢非類。人或譏之，答曰勝公榮者不可不與飲，不如公榮者亦不可不與飲，是公榮輩者又不可不與飲，故終日共飲而醉。

無偶相邀

袁粲字景倩在郡時蹤放好酒，嘗步屧白楊郊野間，道遇一士人便呼與酣飲。明日士人詣門求通，粲曰昨日飲酒無偶聊相

邀爾勿復爲煩

時復中聖人

徐邈字景山爲尚書郎時方禁酒而邈私飲至醉校尉趙達問以曹事邈曰中聖人達白太祖太祖怒鮮于輔曰臣聞酒清者爲聖人濁者爲賢人邈性修慎偶醉言耳後文帝幸許昌見邈問曰頗復中聖人否邈對曰昔子反斃於穀陽御叔罰於飲酒臣嗜同二子不能自懲時復中之帝大笑

曰名不虛立

痛飲讀離騷

王恭字孝伯嘗言名士不必須奇才但使常得無事痛飲酒熟讀離騷便可稱名士

引著勝地

衛筮王敬文曰。酒正自引人著勝地。

請贈醉侯

皮日休字襲美。一字逸少。性嗜酒。隱居鹿門山。山稅之餘。繼日而釀。自戲曰醉士。已居襄陽之洞湖。以舟舲載醇酎一瓻。往來湖上。遇興即酌。復自詣曰酒民。有南海鱟魚殼尊一。澀峯獻角。内玄外黃。謂之訶陵樽。題詩云。他年謁帝言何事。請贈劉伶作醉侯。

公明三斗

管輅字公明。傾仰三斗。而清辯綺粲。

子幹一石

盧植字子幹。身長八尺二寸。聲若洪鐘。飲酒一石不醉。

貴要廢人飲

韓晉明好酒誕縱朝廷欲處之貴要地必以疾辭告人云廢人飲酒對名勝安能作刀筆吏披反故紙乎

形神不相親

王佛大言三日不飲酒覺形神不復相親自恃才氣放酒誕節居嘗慕王平子之為

人婦翁嘗有慊王乘醉弔之婦翁慟哭王與賓客十許人連臂被髮裸身而入繞之三匝而出

抱甕釀

羊琇字穉舒冬月釀酒常令人抱甕須臾復易人酒速成而味絶

挂杖錢

阮宣常步行以百錢挂杖頭至酒店便獨酣暢雖當世貴盛不肯詣也

鷫鸘裘就市

司馬相如字長卿還成都以鷫鸘裘就市人陽昌䣯酒與文君爲歡

貰緼袍償之

吳孫濟嗜酒屢欠酒家緡顧謂人曰尋常

行坐處欠人酒債吾當貰緼袍償之

西昌逸士

五代時郎詠隱西昌採樵爲業或擔入郡市遇人買則曰我西昌逸士酒中人也我今獻公所缺公當惠我所無

雲溪醉侯

种放字明逸至性嗜酒自號雲溪醉侯嘗

種术自釀曰空山淸寂聊以養和

求步兵聞貯酒

阮籍字嗣宗聞步兵厨中貯酒三百石乃求爲步兵校尉王孝伯嘗問王大阮籍何如司馬相如王大曰阮籍胸中磊塊故須酒澆之

愛僕射宜勿飲

北齊李元忠以太常多美酒自中書令求爲太常卿神武欲用爲僕射文襄言其放達嗜酒其子操聞之請節飲元忠曰我言作僕射不勝飲酒樂耳汝愛僕射宜勿飲故人孫騰司馬子如嘗共詣元忠元忠方坐樹下擁被對壺庭室蕪曠使婢卷兩褥以質酒徐謂二人曰不意今日披藜藋也

一斗逍遥

韋瓊字敬遠雅性恬澹以酒自怡周文帝時前後十見徵辟不就敕有司日給河東酒一斗號逍遥公

三升可戀

王績字無功豪宕不羇每乘牛經酒肆輒飲數日嘗曰恨不逢劉伶相與閉門轟飲

以周易老子置牀頭暇則開卷命酌作醉鄉記及五斗先生傳武德中待詔門下省績弟靜爲武皇千牛問曰待詔樂否績曰待詔祿俸殊蕭瑟但良醞三升差可戀耳侍中陳叔達聞之日給一斗時號斗酒學士

甕大成

雍都酒味各別梁奉常和泉病於甘劉拾遺玉露春病於辛皇甫別駕慶雲春病於釀光祿大夫韋炳取三家酒攬合澄窨遂爲雍都第一號甆宮集大成

酒天地

河陽釋法常酷嗜酒無寒暑風雨嘗醉醉即熟寢覺即朗吟嘗謂同志曰酒天虛無

酒地綿邈酒國安恬無君臣貴賤之拘無財利之圖無刑罰之避陶陶焉蕩蕩焉其樂不可得而量也

幸爲酒壺

鄭泉字文淵博學有奇志而性嗜酒閒居嘗曰願得美酒滿五百斛船以四時甘脆置兩頭反覆沒飲酒有斗升減隨即益之

不亦快乎。臨卒謂同類曰：必葬我陶家之側，庶百年後化而成土，幸見取爲酒壺，實獲我心矣。

速營糟丘

陳暄文才俊逸而沉湎過度，兄子秀致書止之，暄答曰：速營糟丘，吾將老焉。

好事問奇

揚雄字子雲，家貧嗜酒，人希至其門，時有好事者載酒問奇字。淵明詩：子雲性嗜酒，家貧無由得，時賴好事人，載醪袪所惑。抱朴子云：子雲手不離杯，太玄乃就。

益酒止量

山濤字巨源，飲酒至八斗方醉。帝以八斗飲之，又密益其酒，濤極本量而止。蜀中治

郫時嘗刳大竹釀酴醾作酒香聞百步外號郫筒酒

與騶對飲

謝幾卿嘗預樂遊苑宴不得醉而還因詣道邊酒壚停車褰幔與車前三騶對飲在省署時夜著犢鼻褌與門生登閣道飲酒酣叫達曙

召吏飲杖

何承裕爲盩厔咸陽二縣令醉則露首跨牛趨府往往召豪吏接坐引滿吏乘醉挾私白事承裕曰此見罔也當受杖杖訖復召與飲

飲盡踏銀海

葉鈞大宴有裴弘泰後至罰以坐上小爵

至舩船。飲皆竭有銀海受一斗。一飲而盡
踏其海卷抱之索馬徑去。

醉如浪中船

阮咸字仲容醉騎馬傾欹人皆指而笑曰
個老子騎馬如乘船行波浪中。

醉龍

中郎蔡邕飲至一石常醉在路上臥人名
曰醉龍。

鶴觴

河東劉白墮善釀六月以罌貯酒暴日中
經旬不變朝貴相餉踰千里號曰鶴觴永
熙中青州刺史毛鴻攜塞上遇賊飲以酒
即醉皆被擒時人語曰不畏張弓拔刀惟
畏白墮春醪。

得秫不了麴蘖

鴻臚丞孔羣字敬休好飲酒嘗爲書與親舊今年田得秫七百斛不了麴蘖事。

談笑不及勢利

李仲容侍讀善飲眞宗飲無敵飲則召公仲容曰告官家免巨觥賞至多命酒談笑而不及勢利。

淵明大適

陶淵明爲彭澤令公田三百畝悉令種秫醉則常臥石上名曰醉石江州刺史王弘欲識之不能致也淵明嘗往廬山弘命淵明故人齎酒半道邀之籃輿既至欣然共酌俄而弘至亦無忤也與顏延之友善延之爲始安郡過柴桑留二萬錢淵明悉送

酒，稍取酒。郡將嘗候之，值其釀熟，即取頭上葛巾漉酒，漉畢，還復著之。每醉則大適，對客或先醉，便語客曰：我醉欲眠，君且去。

杰公善別

梁杰公豪飲，善別酒。高昌國遣使獻蒲桃乾凍酒，帝命杰公迓之。杰公謂使者曰：蒲桃七是洿林，三是無半。凍酒非八風谷所凍者，又有高寧酒和之。使者曰：其年風災，蒲桃不熟，凍酒奉王急命，故非時耳。帝問杰公何以知之，對曰：蒲桃，是洿林者，皮薄味美；無半者，皮厚味苦。酒是八風谷凍成者，終年不壞。今嗅其氣酸，高寧酒滑而色淺，故云然。

廢戒墓前自杖

庾袞字叔褒父在時常戒其飲酒後每醉輒自責曰余廢先人之戒何以爲人乃於墓前自杖三十

依旨肆中求之

顏延之疎誕好酒不能取容當世文帝嘗召延之不值帝曰但於酒肆中求之依旨尋覓果在酒肆裸身自挽歌了不應對他日醉醒乃往居恒好騎馬過舊知輒據鞍索酒得酒必傾盡意氣自若嘗醉謁何尚之尚之望見便佯臥延之發簾熟視曰朽木不雕尚之謂左右曰此人醉甚可畏

三斗壯膽

汝陽王璡於上前醉不能下殿使人掖出之璡曰臣以三斗壯膽不覺至此家有酒

法號甘露經嘗取雲夢石髮泛春渠以蓄酒作金銀龜魚浮沉其中爲酌酒具自稱釀王兼麯部尚書

千日方醒

劉玄石從中山沽酒酒家以千日酒與之抵家大醉其家不知以爲死矣遂歛葬酒家計滿千日當醒遂往視之發塚開棺玄石方醒起坐棺中語云玄石飲酒一醉千日

斗酒濯足

馬周字賓王初入京至灞上逆旅數公子飲酒不顧周周市斗酒濯足衆異之

車輪刮頸

黃門侍郎司馬消難過高季式家季式與

人酣飲因畱宿重門並閉取車輪括消難頸又以一輪自括其頸消難不得已笑而從之

避賢樂聖

李適之京兆人官太子少保坐李林甫譖落職與親戚故人歡飲賦詩曰避賢初罷相樂聖且銜杯有蓬萊盞海山螺舞仙螺瓠子巵慢卷荷金蕉葉玉蟾兒杜詩飲中八仙之一

祠杜配焦

杜康善釀酒王無功祠杜康以大樂令史焦革配饗

醉勝人醒

孔顗字思遠山陰人骨鯁有風力以是非

爲已任歷御史中丞雖醉日居多而醒時判決未嘗壅衆曰孔公二十九日醉勝世人二十九日醒也

酒可忘憂

顧榮字彥先爲齊王冏主簿榮懼禍終日酣昏後爲中書侍郎不復飲或曰何前醉而後醒耶榮懼禍乃更飲榮嘗謂友人張季鷹曰惟酒可以忘憂但無如作病何耳

兄弟匡坐

阮孚字遙集嗜酒貌短而禿周文帝愛之嘗於室內置酒十瓶瓶大一斛上皆加帽欲以戲孚孚適入室見卽驚喜曰吾兄弟輩何爲入官家匡坐相對宜早還宅因持酒歸文帝撫然大笑嘗以金龜換酒爲臺

司所糾帝置不問。

石蘇相高

石曼卿字延年與蘇舜卿輩一時以飲相高名曰鬼飲了飲囚飲鼈飲鶴飲鬼飲者夜不以燒燭了飲者飲次挽歌哭泣而飲囚飲者露頭圍坐鼈飲者以毛席自褁其身鶴飲者一杯復登樹下再飲耳。

病葉狂花

皇甫嵩字義眞以酒史自任每對客飲輒行射覆法謂不可與飲者爲歡場之害焉或有勇於牛飲者以巨觥沃之旣撼狂花復彫病葉飲流謂睚者爲狂花睡者爲病葉。

囚星焚日

衛元規酒後忤丁僕射以書謝曰自茲囚酒星於天獄焚醉日於秦坑

樂餘年

晉有羌人姚馥字世芳充廐圉醉中好言王者典亾事嘗渴於酒羣輩呼爲渴羌武帝授以朝歌守馥願且爲馬圉時賜美酒以樂餘年帝曰朝歌紂之舊都地有酒池

故使老羌不復呼渇馥固辭遷酒泉太守馥乘醉拜受焉

驅俗態

太陽子不知何許人好酒常醉或問之曰晩學俗態未除故以酒自驅耳

高陽池

漢侍中習郁於峴山南依范蠡作養魚池

池邊有高隄種竹及長楸芙蓉緣岸菱芡覆水山簡每臨此池未嘗不大醉而還曰此是我高陽池也襄陽小兒歌之曰山公時一醉徑造高陽池日暮倒載歸酩酊無所知復能乘駿馬倒著白接籬舉手問葛彊何如并州兒彊其愛將并州人也

蓮花碧

房壽六月擣蓮花製碧芳酒。

玉山傾

中散嵇叔夜醉倒傀俄如玉山之將傾。

金甖貯

魏左相能治酒名醽醁翠濤常以金甖貯之得大宛國法十年而味不敗。

聲聞不醒

醉胡僧詩何年飲著聲聞酒直到而今醉不醒。

談諧不亂

柳公正字謇之身長八尺風神爽亮開皇初歷兵部司勳二曹侍郎善談諧飲酒至一石不亂。

醉語彌謹

梅聖俞字堯臣飲酒百許盞醉輒高叉手而語彌溫謹。

酒言可喜

呂公唐儉爽邁少繩檢以酒自豪太宗謂儉酒杯流行發言可喜八字模寫酒韻殆盡。

酒吃

常遂口吃對客不出一言醉後酬酢如注射時目爲酒吃。

酒筆

唐胡楚賓秋浦人屬文敏甚必酒中然後下筆高宗命作文常以金銀杯斟飲之文成輒賜焉。

三日僕射

周顗字伯仁風德雅重深達危亂過江積年恒大飲酒嘗經三日不醒時人謂之三日僕射。

失一老兵

謝奕爲安西司馬在桓温坐岸幘笑詠嘗逼温飲温走入南康主門避之奕遂攜酒就聽事引温一兵帥共飲曰失一老兵得

一老兵亦何所怪。

酒家南董

大樂署史焦革善釀酒有酒譜一卷李淳風見而悅之曰此酒家南董也。

酒名和勁

唐子西在惠州名酒之和者曰養生主勁者曰齊物論後楊誠齋退居名酒之和者

曰金盤露勁者曰椒花雨。

醉吟九百首

唐太子賓客白居易字樂天作酒功讚自號醉吟先生樂天詩凡二千八百首飲酒九百首。

俊逸爲三絕

太常馮惟一好飲酒每朝士宴集雖不召

亦自至酒酣彈琵琶彈罷賦詩詩成起舞時人愛其儁逸謂爲三絶

此中惟宜此物

謝朏爲吳興別弟瀹於征虜渚指瀹口曰此中惟宜飲酒朏既至郡致瀹數斛酒遺書曰力飲此物勿預人事

業飲遑恤其他

韓朝宗爲山南採訪使謂孟浩然深閑詩律因入奏挾與俱行約日引謁會浩然有故人至卽與劇飲或言與韓公約不當後期浩然叱曰業已飲矣身行樂耳遑恤其他遂畢飲不赴

青山白雲醉人

傅奕相州人善數學自言其學不可傳將

卒自誌曰傅奕青山白雲人也以醉死

酒顛上卷終

酒顛下卷

延陵夏樹芳茂卿甫采輯

五茸陳繼儒仲醇甫補正

一夕千觴

孔融愛才結客十歲謁李膺十六匿張儉嘗有詩曰歸家酒債多門客粲幾行高談驚四座一夕傾千觴與蔡邕素善邕卒後有虎賁士貌類邕融每酒酣引同坐曰雖無老成人尚有典刑

酒壚酣暢

王戎爲尚書令著公服過黃公酒壚謂後車客曰吾昔與嵇叔夜阮嗣宗酣暢於此壚自嵇阮云亾便爲時所羈紲今視此雖近邈若山河

醉聖

李白醉後行文轉奇。號醉聖。嘗云予少時大人令誦子虛賦。私心愛之。及長南游雲夢覽七澤之壯觀。醉隱安陸者十許年、玄宗嘗召白應制賦詩。置麴清潭。砌以銀甎、泥以石粉。貯三辰酒、一萬車、以賜當制學士。

酒氣從指出

東坡志林云。吾見子明飲酒三蕉葉。吾少時望見酒盞而醉。今亦能三蕉葉矣。在惠州自造酒號羅浮春。定州得松膏釀酒號中山松醪。坡翁嘗自言曰。吾酒後乘興作數十字、覺酒氣、拂拂、從十指、上出去也、

酒中三昧

黃魯直號山谷嘗與黃聞善論酒中三昧嘉陽張仲吉以酒壚爲業魯直數將諸生過其家或時把酒至夜漏下二十刻與諸生衝雨踏泥而歸。

九醞消腸

張華字茂先爲九醞酒以三薇漬麴糵糵出西羌麴出北胡胡中有指星麥釀酒醇暢閭里歌曰寧得醇酒消腸不與日月齊光。

嵬峩我爾

北齊盧思道小字釋奴嘗曰長安酒賤斗價三百能可嵬峩我不可令嵬峩爾也。

賢鄙爲酣

元德秀嗜酒陶然彈琴自娛人以酒榼從

之不問賢鄙爲酣飲。

醉以頭書

張長史字伯高。每大醉呼叫狂走。乃下筆。或以頭濡墨而書。既醒自視以爲神。不可復得也。世號張顛。李頎詩。張公性嗜酒。豁達無所營。露頂據胡牀。長叫三五聲。

酒因境多

魏肇師曰。徐君房年隨情少。酒因境多。

子字其父

胡毋輔之好豪飲。其子謙之醉字其父曰。彥國年高不宜過飲。將令我尻背東壁。彥國遂呼入與共飲酒。各極其醉。

中酒味

宋太素尚書中酒詩。靜。嬾。鸚。鵡。閑。潟。憶。荔。

枝香病與慵相續心和夢尚狂非眞中酒者不能知此味。

碧筩杯

歷城北有使君林魏正始中鄭公慤三伏之際每率賓僚避暑於此以簪刺蓮葉令與柄通輪菌如象鼻傳吸之名碧筩杯

解憂不死

東方朔字曼倩嘗醉入殿中小遺殿上劾大不敬免爲庶人方朔别傳曰武帝幸甘泉長平坂道中有蟲赤如牛肝頭目口齒悉具人莫之識時朔在屬車中令往視焉朔曰怪哉是必秦獄處也上使按地圖果秦獄地上問朔何以知之朔曰此積憂所致夫積憂者得酒而解乃取蟲置酒中立

消。賜朔帛百匹。又張華博物志曰。君山上有美酒數斗。飲者不死。武帝遣欒巴求果得之。方朔曰。臣識此酒。請視之。因一飲至盡。帝欲殺朔。朔曰。殺朔若死。此爲不驗。以其有驗。殺亦不死。乃赦之。

金龜換酒

秘書郎賀知章。一見李白。呼爲謫仙人。以金龜換酒共飲長安市中。知章後忽鼻出黃膠數盆。醫者謂飲酒之過。

車轄投井

陳遵字孟公。嗜酒。每大宴客。取車轄投井中。客有急不得去。酒酣與寡婦共謳歌。跳梁起舞。

華獨坐

華歆字子魚仕魏爲御史而清貧自若能劇飲至石餘不散號華獨坐

惡客漫郎

元結字次山紫芝之族弟祿山反避亂入猗玕洞自稱猗玕子以不飲酒爲惡客自稱漫郎嘗載酒石魚湖上醉中據湖岸引臂向魚取酒盡舫載之徧飲坐者得武昌黑

石中坳如樽狀相傳是陶侃所遺結修之以藏酒又浯溪石上窊樽亦次山所鑿

王坐隤憒

庾敳字子嵩見晉室多難終知嬰禍乃沉湎於酒於東海王越坐隤憒几上

妻常對飲

沈文季字伯達出爲吳興太守文季飲酒

至五斗。妻王氏飲亦至三斗。常對飲竟日。而視事不廢。

巢飲海棠枝

徐佺隱樂肆中。結巢海棠枝上。巢飲其間。

漢書下酒

蘇舜欽字子美。豪放不羈。好飲酒。在外舅杜祁公家。每夕讀書以一斗爲率。公使人

密覘之。聞子美讀漢書張良傳。至良與客狙擊秦皇帝。誤中副車。遽撫掌曰。惜乎不中。遂滿引一大白。又讀至良曰。始臣起下邳。與上會於留。此天以授陛下。又撫案曰。君臣相遇。其難如此。復舉一大白。公聞之大笑曰。有如此下酒物。一斗不足多也。

狂何必酒

司隸蓋次公宴許伯第，曰：無多酌我，我則酒狂。丞相魏侯笑曰：次公醒而狂，何必酒也。

釀具淫具

蜀簡雍字憲和，跌宕風雅，少與先主善。時天旱禁酒，吏於人家索得釀具，即按其辠。雍與先主遊觀，見男女行道上，謂先主曰：

彼人欲行淫，何以不縛？先主曰：何以知之？對曰：彼有其具，與欲釀者同。先主大笑而原欲釀者。

役夫與遊

郭恕先字忠恕，被謫貶官時，與役夫小民入市肆飲，曰：吾所與遊，皆子類也。

甘苦沈淪

曹植字子建七啓云春清縹酒康狄所營彈徵則苦發扣宮則甘生植骯髒不得志頽沉淪於酒曹仁爲關羽所圍太祖以植爲南中郎將征虜將軍植醉不能受命乃止

劇飲藻思

李百藥字重規性喜劇飲藻思沉鬱

賜換骨醪

裴晉公治第集賢里與白樂天劉夢得把酒爲歡不問人間事憲宗嘗採鳳李花釀換骨醪晉公平淮西回黄帕金瓶遠賜二斗

恐用不盡

郭璞奇博多通文藻粲麗才學賞豫足參

上流而訥於言形質頽索縱情嫚惰時有醉酒之失友人于令升曰此伐性之斧也璞曰吾所受有分恒恐用之不盡豈酒色之能害後王敦縱兵都輦乃咨以大事璞極言成敗不爲回屈敦忌而害之著幽思篇

夫婦善詩酒

陸龜蒙字魯望自號江湖散人病酒再期乃已中酒賦曰翦雲夢萱採泮宮芹周子之菘向晩庾郎之薤初春加以歐川桂蠹頼谷榆人雖馳心於品物且忘味於兹辰妻蔣氏長於文辭亦善酒姊妹勸節酒强食蔣應聲曰平生偏好飲勞汝勸加餐但得樽中滿時光度不難

狗竇中大叫

光逸字孟祖避難渡江投胡毋輔之屬輔之與謝琨諸人散髮裸袒閉室酣飲逸將排戶直入守者不聽逸便於戶外脫衣露頂於狗竇中窺之大叫輔之驚曰他人決不能爾必我孟祖遂呼入共飲

醉伏御筵

蕭琛字彥瑜仕梁嘗醉伏御筵武帝呼爲宗老每自解竈事事畢餕餘便陶然致醉

洪厓來飲

鄴侯李長源嘗命家人灑掃庭內稱洪厓先生來飲麻姑酒

醉鄉日月

皇甫松醉鄉日月曰凡醉各有所宜醉花

宜晝襲其光也醉雪宜夜度其潔也醉樓宜暑資其清也醉水宜秋泛其爽也

醉鄉無稅

竟陵劉虛白擢進士第嗜酒有詩云知道醉鄉無戶稅任他荒却下丹田

歡飲無言

靖安李少師宗閔雖居貴位不以威重隔物與賓僚飲宴曲盡布衣之歡暑月臨水以荷爲杯滿酌密繫持近人口以筯刺之不盡則重飲燕散有人言昨飲大歡者公曰無論好惡一不得言

酒徒非儒

酈食其好讀書家貧落魄里中謂之狂生嘗衣儒衣謁高帝帝謝曰未暇見儒人食

其按劍叱使者曰我高陽酒徒非儒也遂延入。

開愁鎖

綦舉字彥舉性嗜酒工詩客京師十餘年竟流落以死同時有鄭雲表者慕彥舉之爲人作詩挽之云形如槁木因詩苦眉鎖愁山得酒開人以爲寫眞云。

驗醉鍼

劉荊州景升有酒爵三大曰伯雅容七升次曰仲雅容六升少曰季雅容五升嘗設大鍼於杖端客有酒輙劖之以驗醉醒

飲有術

王瞻字思範仕梁爲吏部尚書每飲或彌日而精神朗贍不廢簿領武帝每稱瞻有

三術射棊酒也

司業酒錢

鄭虔唐廣文博士文章書畫玄宗稱爲三絶飲酒不事事數爲官長所罵惟蘇源明重其才時時餉給之杜甫詩賴有蘇司業時時與酒錢

每春顛飲

長安進士鄭愚與劉參郭保衡王冲張道隱等十數輩每春時選妓三五人乘小犢車詣名園曲沼叫笑喧呼自名顛飲

玉樹臨風

崔宗之爲侍御謫金陵與李白月夜泛采石詩酒倡和皎如玉樹臨風觀者羨之

萬異冥

戴逵字安道酒讚云醇醪之興與理不乖古人既陶至樂乃開目絕羣動耳隔迅雷萬異既冥惟無有懷

但言飲幾日

張安道字方平未第時貧甚然意氣豪舉未嘗少貶與劉潛李冠石曼卿飲初不言盞數但言當飲幾日

醉引金吾句

賈儼字望之為三司鹽鐵使與梁顥胡旦嘗會飲於趙昌言樞密第儼每乘醉夜半方歸金吾吏候馬首聲喏儼以醉鞭指其吏曰金吾不惜夜玉漏莫相催

少游神物

秦少游飲酒詩左手持蟹螯舉觴屬雲漢

天生此神物爲我洗憂患山川同恍惚魚鳥共消散客至壺自傾欲去不容間又有飲酒口號平原居士今無影鸚鵡洲空誰舉杯猶有漁陽摻撾鼓爲君醉後作輕雷

癡漢戒飲

吳衍好飲酒後以醉詬權貴戒飲阮宣以拳毆其背曰老癖癡漢恐斷杯中物耶抑而飲之

濁醪天地寬

杜牧字牧之詩曰濁醪氣色嚴皤腹甁甖古酣酣天地寬恍恍嵇劉伍

飲量過當世

張端公字伯玉飲量過當世有一士人負豪飲求謁端公公與共酌數十士人辭醉

端公笑曰量止此乎遂自滿飲數十舉一掃詩百篇爲范文正重客

酒酣懷古人莫測

杜甫酒量詩才與李白齊名嘗從白及高適過汴州酒酣登臺慷慨懷古人莫測也結廬成都草堂與田畯野老相狎蕩詩云田翁逼社日邀我嘗春酒叫婦開大瓶盆中爲我取每田父索飲必使之畢其歡而後去

逼人達士累於此

祖台州與王荆州書云君須復飲不廢止之將不獲已耶逼人達士累於此物

俸餘無畱

諫議陽城字亢宗與二弟延賓客日夜劇

[illegible][illegible]約二斗，吾所俸入可度，月入米幾何，薪鹽幾錢，餘送酒家，無留也。

三臟可活

艾子常醉，門生私語曰：是不可諫止，當以險事休之。一日飲噦，門生密置豕腸示艾曰：凡人具五臟，今師飲而出一臟，何以生耶。艾子熟視笑曰：唐三藏猶可活，況四臟耶。

呵掖撓睡

毛炳隱廬山，嘗醉臥道旁，有人掖之，炳呵曰：醉者自醉，醒者自醒，急去，勿撓吾睡。

酒娼飲醋

定陶劉潛，卓逸喜豪飲，與石曼卿友善。時曼卿通判海州，潛訪之，會於石闥堰，與潛劇飲。中夜酒竭。船中有醋斗餘。傾入酒中。
併飲之。明日酒醋俱盡。

蛙鳴當鼓吹

孔稚珪字德璋。官太子詹事。風韻清疎。飲
酒可七八斗。性喜獨酌。門庭之内。草萊不
翦。時有蛙鳴。笑謂客曰。以此當兩部鼓吹。

甒醴成川渠

傅玄字休奕。飲酒可至石餘。所著酒賦。飲
者杯無算。甒醴成川渠。

登屋歌哭

饒節字德操。少有大志。既不遇。縱酒自晦。
或數日不醒。醉時往往登屋危。浩歌慟哭。
達旦乃下。

戲中游妓

陶穀學士字秀實小字鐵牛家有魚英酒盞中現園林美女象散騎常侍黄霖曰陶翰林甕裏熏香琖中游妓可謂好事矣

吐築篌

姚巖傑號象溪子聰悟絶倫頗放於酒咸通中與盧肇會於江亭時蒯希逸在席肇請即席爲令尾括樂器名色肇曰遠望漁舟不闊尺八巖傑時飲酒一器凭欄嘔噦應聲曰凭欄一吐已覺空喉

每醉八日

元魏崔儦字岐叔每一醉八日

酒鄉貧更入

盱江李覯字泰伯善飲有一士人亦滑稽而好飲聞有饋李酒者以詩投李李喜甚

留飲數日酒盡方去他日士人又聞有饋李酒者復作詩投之李讀畢謂曰前有酒本擬留作數日君至一飲遽盡索莫者累日公之論固佳此酒不可復得也泰伯嘗寄陳殿撰詩云酒鄉貧更入詩債病猶還一時誦之

蒱博飲

語林崔顥好蒱博飲酒

醉髡

僧可朋好飲酒每索酒債無償則以詩賜之自號醉髡有詩千餘篇名玉壘集

對酒思公榮

裴伯茂嗜酒踈傲以傷性致隕於家國友人常景李渾王昕盧元明魏季景李騫皆

一時名傑於墓旁致酒一飲一酬曰裴中書寬而有靈知吾曹也乃各賦詩一篇時魏收在晉陽爲詩敘伯茂云臨風想玄度對酒思公榮

醉舞與狗闘

檀長卿醉後作沐猴舞與狗闘爲樂

黍麥低昂

王昕字元景嘗大醉楊遵彦謂之曰何大低昂元景曰黍熟頭低麥熟頭昂黍麥俱有所以低昂昕弟晞嘗共盧師道禊飲賦詩曰日落應歸去魚鳥見留連時常山王遣使召晞晞不時至明日在丞相西閤思道謂晞曰昨被召已朱顏得不以魚鳥致怪晞笑曰昨晚陶然頗以酒漿被責卿輩

亦是留連之一物。豈直魚鳥而已。

再韻解嘲

辛幼安號稼軒，與陳同父躍馬定交，風流豪飲。嘗賦沁園春止酒。後城中諸公載酒入山，幼安復破戒沉醉，再韻前調解嘲。

河朔避暑

袁紹字本初。在河朔，每至三伏，晝夜酣飲，以避一時之暑，號河朔飲。紹愛士養名，朱軿紫轂，塡咽街陌。

飲不醉錢無窮

泉南林外，字豈塵，詞翰瀟爽，飲酒無算。每暇日游西湖，坐小旗亭獨飲。腰間藏虎皮錢篋數枚，凡飲數斗不醉，而篋中之錢，若循環無窮。角巾鶴氅，飄飄若神仙焉。

欲傾家釀

何充字次道劉眞常云見何次道飲酒使人欲傾家釀以充飲酒溫克故

每出飲數日

許古字道眞性嗜酒每乘舟出村落間留飲十數日不歸醉後賦小詞曰濁醪蒻得玉爲漿風韻帶橙香持杯笑道鵞黄似酒

酒似鵞黄世緣老矣不思量沉醉又何妨臨風對月山歌野調儘我疎狂

以酒濡髮歌

趙子固號彝齋清放不羈好飲酒醉則以酒濡髮歌古樂府自執紅牙以節曲

月給千壺

陸務觀侍酒頹放自號放翁作詞云橋如

虹水如空一葉飄風風煙雨中天教稱放翁一夕夢故人相語曰我爲蓮花博士鏡湖新置官也我去矣君能暫爲之乎月得酒千壺亦不惡也遂以詩記之曰白首歸修汗簡書每因囊粟歎侏儒不知月給千壺酒得似蓮花博士無

虀汁美仙厨

翰林蘇易簡性嗜酒太宗嘗以詩戒之入直雖不敢飲在私第未嘗不醉及其死太宗曰易簡果以酒敗可惜也直講筵時上問食品稱珍何物爲最易簡曰臣止知虀汁爲美太宗笑問其故曰臣憶一夕寒甚擁爐圍火痛飲大醉咽吻燥渴時中庭月明殘雪中覆一虀盎遂掬雪盥手亟引數

所自謂上界仙厨殆恐不及太宗笑而然之

交飲各數斗

侍中謝淪字義潔於建武初以長醉爲事與劉瑱沈昭略觴酌交飲各至數斗一日與劉勔子悛同飲悛曰謝莊兒不可云不能飲淪曰苟得其人自可沈湎千日

二超

檀超字悦祖性嗜酒自比晉郄超爲高平二超

在省常醉

謝超宗侍才使酒多所淩忽爲齊高帝黄門郎在省常醉出爲南郡王中軍司馬

白雞盞

柳亭飲未醉造白雞盞取其迅速

凝如緑玉

有一客僧長慶中宿一寺呼淨人酤酒寺僧怒奪瓶擊之其瓶百碎酒即凝滯着樹如緑玉搖之不散有一僧知者云某嘗持般若經須預飲此物一杯即諷詠瀏亮乃將瓶就樹盛之其酒盡落甕中奄然流啜斯須甕窳酣暢矣

垂幃痛飲

南唐常楚錫爲翰林剛正不附近貴或曰公剛直私門何以爲樂常曰垂幃痛飲而已

門扉下出

寇萊公字平仲有飲量在中書多召兩制

就第飲宴。每宴必闔扉輟驂以留之。李宗諤被醉，嘗於門扉下竊出，得馬而走。後宗諤爲修宮使，恩顧漸深。一日召至玉宸殿賜酒，宗諤堅辭以醉。上令中使附耳語云：此中不須從門扉下出。

茶癖酒狂

陸羽字鴻漸。鄧利云：陸羽茶既爲癖，酒亦

稱狂。

醉吟先生

郭祥正字功父，隱於青山，所居有醉吟庵，亦自作醉吟先生傳。

簇酒

辛洞好酒而無資，嘗攜榼登人門，每家取一盞投之，號爲簇酒。

不齋醉如泥

周澤字穉都，爲太常，清潔循行，時人爲之語曰：一歲三百六十日，三百五十九日齋，一日不齋醉如泥。

飲以壺瓠

卞彬字士蔚，飲以壺瓠，杭皮爲肴。

荆州三酒

陶侃字士行，少有酒失，母湛氏嘗戒止之。爲荆州都督，有齋中酒、廳事酒、猥酒。

華山對飲詩

鄭遨字雲叟，隱於華山，與羅隱終日怡然對飲，有飲酒詩二十章。

發狂坐井中

潘谷元豐間人，山谷嘗以錦囊貯其墨半

凡飲酒發狂赴井趺坐井中坡翁詩一朝入海尋李白空看人間畫墨仙

醉有分別

法明師不知何許人落魄嗜酒善唱柳枝詞人以醉和尚稱之師曰我醉且醒君醉奈何自述一偈云平生醉裏顛蹶醉裏却有分別今朝酒醒何處柳岸曉風殘月

南中女酒

房鵠舉字千里太和中進士幼負才略恣意文酒所著投荒録云南方有女數歲積米釀酒候彼水竭置壺中密固其上待女將嫁始決水取之供客味殊絶謂之女酒

叔夜杯景山鎗

宋何點字子晳隱於武丘山竟陵王子陵

遺以嵇叔夜之杯徐景山之酒鎗

酣釀川

漢鄭弘字巨君爲靈文鄉嗇夫行宫京洛未至宿一埭埭故名沉釀弘適於埭逢故舊四顧荒郊無貰酒處乃以錢投水中依口而飲飲盡酣暢因更爲沉釀川

酒顛

酒顛卷下終